인향문단 시화집

하늘과 바람과 별과 시

인향문단 시화집

하늘과 바람과 별과 시

초판 인쇄일 2020년 9월 1일
초판 발행일 2020년 9월 1일

지은이 인향문단 회원 박효신 外 30명
펴낸이 장문정
펴낸곳 도서출판 그림책
디자인 토마토
출판등록 제2010-000001
주소 경기도 수원시 영통구 이의동 웰빙타운로 70
연락처 TEL070-4105-8439 (010)2676-9912
E-mail : khbang21@naver.com

인향문단 서화집

하늘과 바람과 별과 시

인향문단 회원 박효신 外 30명

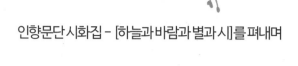

인향문단 시화집 – [하늘과 바람과 별과 시]를 펴내며

문학의 꽃이 피다

방훈

세상에는 작고 때로는 평범하지만
당당한 모습으로
피어나는 존재들이 많다

자연을 이루는 하나하나의 어울림,
다들 존재의 의미를 담아내는
그들의 삶에는
아름다움을 담은
예술의 씨앗들이 담겨져 있다.

그 씨앗들이 문학의 꽃으로 피어날 때
세상은 온통 아름다운 화원으로 변하고
그 씨앗을 뿌리고 가꾼 사람들도
아름다운 꽃으로 피어날 것이다.

문학과 예술은 삶의 에너지로
세상을 아름답게 하는 원동력이며
우리들의 삶을
새롭게 출발할 수 있도록 도와준다.
그리고 예술과 문학은 삶의 근원인 아름다움으로
우리를 되돌아가게 해준다.

인향문단 편집장 방훈

인향문단 편집장인 방훈 작가는 1965년 경기도에서 출생하였습니다. 대학에서
는 국문학을 전공하였으며 2000년 초반 시인학교에 시를 게재하여 시인학교 추
천시가 되면서 본격적인 시창작활동을 하였습니다. 그 이후에 개인시집과 여러
동인시집을 같이 발간하였습니다.

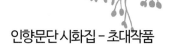

아프답니다

박효신

우린 예쁜 꽃만 보고
꽃 속에
아픔이 숨어 있는 건
보지 못해요

연하디 연한 꽃망울

예쁘게 웃고 있는
꽃망울도
꽃을 피우기 위해
오늘 많이 아프답니다

박효신 시인

박효신 시인은 충청남도 아산에 거주하고 있습니다. 인향문단에 시를 발표하며 등단하였습니다. 왕성한 시작활동을 통하여 첫 창작시집인 "나의 세상"과 두번째 시집 "내 눈에 네가 들어와"를 발간했습니다.

인향문단 시화집 - 하늘과 바람과 별과 시

CONTENTS

인향문단 시화집

하늘과 바람과 별과 시

강석자

가난한 유년시절과 젊은 시절을 보냈습니다. 가난을 극복하는 것이 최선이라고 생각하여 제조업을 시작하였습니다. 삼원실업 대표로 지내면서 가난을 벗어나 여유가 생기자 친정동생에게 공장을 물려주고 공부를 시작하였습니다. 늦깎이 대학생으로 4년 동안 장학금을 받았고 졸업할 때도 성적우수상을 수상하였습니다. 공부에 대한 열망은 그 후에도 석사과정에 박사과정에 입학하였습니다. 광운대학교 경영대학원 원우회장으로 활발한 활동을 하다가 2017년도 광운대 부동산학박사학위를 받으면서 공부를 마쳤습니다. 소란한 도시 생활을 접고 경기도 양주 감악산 자락으로 이사를 하였습니다.

모두 비우고 자연과 함께 뒹굴어보니 시심이 절로 일어나 한편 두편 시의 모양새를 만들어 보면서 시를 쓰기 시작하였습니다. 인향문단 4집과 5집에 시를 발표하면서 등단하였습니다. 지금은 서울과 양주를 오가면서 여행하듯이 살면서 시를 꾸준히 창작하고 있습니다.

나

강석자

새벽이 아침을 준비 중입니다
고요함에 나를 놓아두고
나를 돌아다봅니다

오늘도
잘 살아 낼 나를 위해
새벽의 여유가 차 한 잔을
대접합니다

힘내자고
오늘은 나를 향해
박수를 보냅니다

내가 나를
사랑한다고
고백도 해 봅니다

하늘이 말해요

강석자

파란 하늘은 희망
날마다 새로 쓰는 희망
지워도 지워도
내일이면 또 다시 파란 하늘

먹구름에게 잠시 내어주는 날 있어도
또 다시 찾아온 파란 하늘
고개 들어 하늘을 보세요
희망이 파랗게 함박웃음 짓고 있어요

하늘이 말해요
"날마다 가져다 쓰세요
아무리 퍼내도 소멸되지 않는
희망이 여기 있습니다"

오늘도
하늘이 내려다보고 있어요

민들레 홀씨 되어

강석자

간신히 추슬러
싹 틔우고
노란 물로
꽃단장하고
당신 오길 기다렸더니

아직도 못 오시나요
지나는 바람결에
편지를 적어 보내오니
해찰 말고 어서 오세요

저으기
못 오시겠다면
홀씨 되어
당신 곁으로
제가 가도 되는지요

고목나무 일생

강석자

허리 굽은 고목나무
비에 흠뻑 젖어 버렸구나

젖은 비가 버거운지
뚝뚝
흘리는 빗물이 골을 이루고

그걸 바라보는 나도
애처로워 가슴으로 비가 내리네

한때는 푸르러 하늘을
향해 팔 뻗고
그 그늘에 품은 것도 많았을 것인데
이젠 오직 땅과의 인연뿐이로구나
애처롭다, 일생이여

그나마
너는 수백 년을 푸르다 가지만
나는 100년도
청춘처럼 살지 못하노라

달빛 아래에서

강석자

커튼 사이로
달빛이 비집고 들어와
좀 쉬어가라 한다

은하수 타고 내려온
별빛 조명은
나를 보고
꿈도 꾸지 말고
푹 잠들라고 한다

덩달아
구름도 쉬어가고
바람도 쉬어가며

오늘보다 내일은 더
가뿐하게 시작하라 한다

달빛은 또 다시
내일은 감사로 시작하여
따듯한 사랑으로
마무리하라 당부한다

김두원

김두원 시인은 강원도 양구에서 태어나 유년시절을 시골에서 보냈습니다. 25세에 경기도 부천에 정착하여 현재까지 거주하고 있습니다. 부천시에서 30년간 공직생활을 하면서 문화, 창의도시 부천! 이곳에서 예능적 감성의 비전을 갖고 퇴직 후 시를 꾸준히 쓰고 있습니다. 부천시에서 주관하는 "시가 활짝"에 작품을 다수 발표하였으며, 현재 인향문단 회원으로서 인향문단 잡지 3, 4, 5집에 시를 발표하였고, 개인시집을 발표할 계획을 가지고 활발한 창작 활동을 하고 있습니다.

울 엄마 손

김두원

우리 엄마 손은
지금까지 칠남매를
잘 키워 주신 고마운 손

우리 엄마 손을 가만히 들여다보니
살 없는 주름살에
거친 손바닥에
두꺼워진 손마디에
고생 때가 낀 손톱을 보니
마음이 아파옵니다

알고 보면
울 엄마 손은
뽀얀 손인데
못하는 게 없는
마법의 손

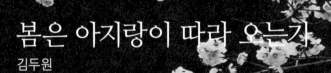

봄은 아지랑이 따라 오는가

김두원

파릇파릇 풀잎도
노란 개나리도
연분홍 진달래도
봄이 와야 피는 꽃
봄은 두근두근
설레이는
내 마음속에
제일 먼저 온다

봄 편지

김두원

봄을 기다렸던
봄 사연
봄 향기를 가득 담은
편지를 안고
아지랑이 따라
살랑살랑
봄바람 불어오는 길
봄꽃이 피는 길을 따라
아주 천천히 오겠지
봄이

인연

김두원

하얀 눈이 내리는
장독대 위에
소복이 쌓이는 흰 눈처럼
내 마음속에
꼭꼭 숨어 버린
그 이름
아름다운
나의 인연
너

내 삶이

김두원

내 삶이
때론 시가 되고
때론 노래가 되고
때론 눈물이 되고
때론 웃음이 되고
때론 슬픔 속에서도
행복이 찾아오니
내 삶이
지금은 한 줄의
시가 되었다

김미숙

아호 : 성아
부산 출생
사)문학愛 정회원
문학愛 통권 특선집 참여
Sns작가협회 회원
시집&에세이 월간시선 참여
공감문학 소식지 참여

떨리는 세월 앞에서

성아 김미숙

입김이 하얗게 나오던 어느 날
쌀쌀한 기온에 바람까지 분다

봄
여름
가을
겨울이기에

덜컹덜컹 버스에서 내다보는
밖의 풍경들조차 추워 보인다

휙휙 지나가는 이 모든 것들
마치 세월처럼 느껴지고

내 옆에 앉은 아리따운 어르신
책을 펼쳐 읽는 모습
너무 고상해 뵈여 얼른 책을 꺼낸다

책은 펼쳤지만
눈은 자꾸 밖깥만 내다보다
옆자리로 향하고

들고 있던 책을 조심스레
어르신께 드렸다.

당연한 듯 당연하지 않은 듯

성아 김미숙

그리움이 생겼습니다
보고픔도 생겼습니다

커피향처럼 은은함에
슬며시 배어들었나 봅니다

가슴 한 켠 멍든 마음처럼
아련한 아픔도 생겼답니다

휑하니 한 줄기 차가운 바람에
생을 다 한 단풍잎이 떨어지네요

마지막 발악으로 더 이쁘게
더 화사함을 뽐내고서 말입니다

구름 한 점 보이지 않는 하늘
파란 하늘이 너무 이뻐서
살짝 눈 한 번 흘겨줬네요

당연한 듯 당연하지 않은 듯이
그렇게 시간의 흐름은 나를 외면한 채.

산수유 꽃
피거던

성아 김미숙

유난히 흐린 날 오후
노란 산수유 꽃을 피운다

빛을 잃은 하늘은
곧 빗방울 떨어질거 같고

작년에 맺힌 붉은 열매
그리도 추웠던 한겨울 잘버티고
가지 끝에 대롱대롱 달려있구나

노란 산수유 꽃을 보니
진짜 봄이 온 거 같으네

변치않을 마음 갖고
우리를 찾아왔기에
더 애틋한건 아닐까 싶다

변덕쟁이 봄의 비위를
어찌 맞추려나.

보고픈 얼굴

성아 김미숙

둥근달 되기를 기다리는
반달의 마음처럼

그대를 기다리는 마음
점점 채워져 갑니다

빼꼼히 쳐다보는 반달
당신의 모습으로 채워갑니다

환한 미소를 보았지요
나를 향한 당신의 눈

달무리 진 밤하늘은
그리움이 아닐까.

서쪽 하늘

성아 김미숙

아쉬움 가득 안고 가야 하는 초승달
서쪽으로 서쪽으로

가야만 하는 초승달 아쉽다 하네
스산한 가을바람
슬피 우는 귀뚜라미

나를 본 초승달
살며시 실눈 뜨고 웃는다

해 저문 서쪽 하늘
적막감이 밀려오고

떠나가는 님 보낸 듯
쓸쓸함이 밀려든다

실눈 뜨고 웃어주던
초승달이 생각나네.

김순열

김순열 시인은
충남 천안시에 거주하고 있습니다.
평화문단에서 활동하였으며
전직교사입니다.
시를 꾸준하게 창작하며
인향문단을 통하여
작품을 발표하고 있습니다.

푸른 별

김순열

또다시
고요한 저녁이다

음악을 듣는다
조용히 흐르는 팬플룻 소리에
푸른별 하나가
고개를 치켜 든다

들국화가 곱게 핀 들길엔
새들의 노래소리로 가득하고
붉게 타오른 저녁 해가
아름답게 수 놓은 하늘을 보며

언젠가
반짝이는 두 별이 되자고
연리지 같은 별이 되자고

'떨리던 손이
바람되어'날아간 빈 허공
담아 둘 곳 없어
'차라리 눈 감아버려도
밤새도록
꺼지지 않는 그리움

겨울 나무

김순열

사랑은 자꾸만
아래로 흐른다

한여름의 뜨거운 태양과
몰아치는 비바람을
온몸으로 막아내고
가을볕에 곱게 익힌 잎들을

아낌없이 대지에
나누어 주고

텅 비어버린 가지

자식들을 위해
허리띠 졸라매고
물 한사발로 주린배 채우며
밤새워 일하시던 어머니

고왔던 손이
나무껍질 처럼
주름 깊게 패이고
뼈만 앙상한
겨울 나무 닮았다

내일의 태양

김순열

이른 아침 블라인더를 올린다
햇살이 집안을 가득 채우며
우체통에 편지들을 쏟아 놓는다

음악을 들으며
추억의 편지를 읽는다

숭숭 구멍이 뚫려
바람소리만 들려오는
일그러진 회색빛 사랑

내가 자꾸 내려 앉는다
왜?
세월이 가면 아름답게
채색되어 진다는데

나에게서 나를 꺼내든다
햇살이 저만치서 미소짓고 있다

내일은 내일의 태양이 뜬다는데
쏟아지는 햇살속으로
설레이며 내딛는 첫발자욱

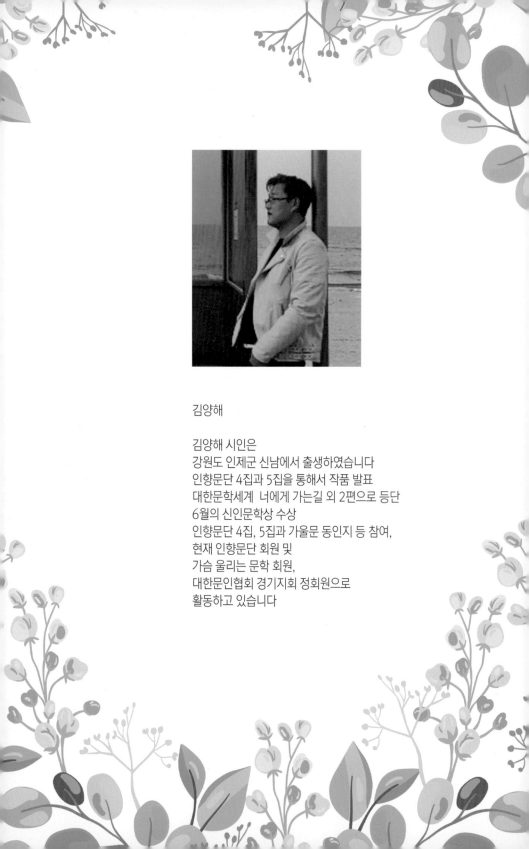

김양해

김양해 시인은
강원도 인제군 신남에서 출생하였습니다
인향문단 4집과 5집을 통해서 작품 발표
대한문학세계 너에게 가는길 외 2편으로 등단
6월의 신인문학상 수상
인향문단 4집, 5집과 가울문 동인지 등 참여,
현재 인향문단 회원 및
가슴 울리는 문학 회원,
대한문인협회 경기지회 정회원으로
활동하고 있습니다

사랑합니다

-김양해

문득 비가 오는 날이면
그대에게 달려가
꼭 안아주고 싶었습니다

가슴 깊숙한 곳에서
이따금 떠오르며 눈가에 젖어드는
그대의 고운 모습

어쩌면 헤어날 수 없을
아득한 그리움에 젖어
쉴 새 없이 쏟아지는 빗물에 젖어

한 번쯤은 그댈 끌어안고서
괜찮은 척 희게 웃으며
말하고 싶었습니다.

독백

-김양해

바위틈에 가려진
작은 꽃은
햇살만한없이 바라보다
소리 없이 이울고

발길에 채이는
풀벌레는
다리를 물어뜯으며
꿈틀한다.

부메랑

김양해

힘껏 던져보아도
아무리 멀리 떠났어도
끝내 돌아올 거야

하늘을 찌를 듯이
가슴을 가득 채웠던 뜨거운 심장은
초라하게 늙어버리고

그 많던 자신감은
온데간데없이 사라져
서럽게도 기억조차 나지 않아

언젠간 찾아질 거라
막연하게 믿었던 한줄기 희망도
연기처럼 모두 사라지고

정신없이 걷다 보니
어느 순간엔
돌아가는 길을 잃었다.

사랑 꽃

김양해

꽃은 피어났다

외롭게도
홀로 걸었던 길에
길 잃은 제비가 날아들어
꽃씨를 떨구었던가

그토록 메말랐던
황량한 땅에
미치도록
아름다운 꽃
사랑은 피어났다

꽃은 꺾어서
가질 수 없는 것
그저
바라만 볼 수 있는

길

-김양해

아무것도 없던
종이 위에
인생이란 펜을 들고

휘갈겨 쓰는 낙서처럼
보이지 않는다고
마구 걷다 보니

도무지 알아볼 수 없는
어지러운 발자국만
휑하다

밤새도록
몰래 쌓여버린
순백색의 허무한 눈밭에

때묻지 않은 척
처음부터
다시 걸어갈 순 없을까

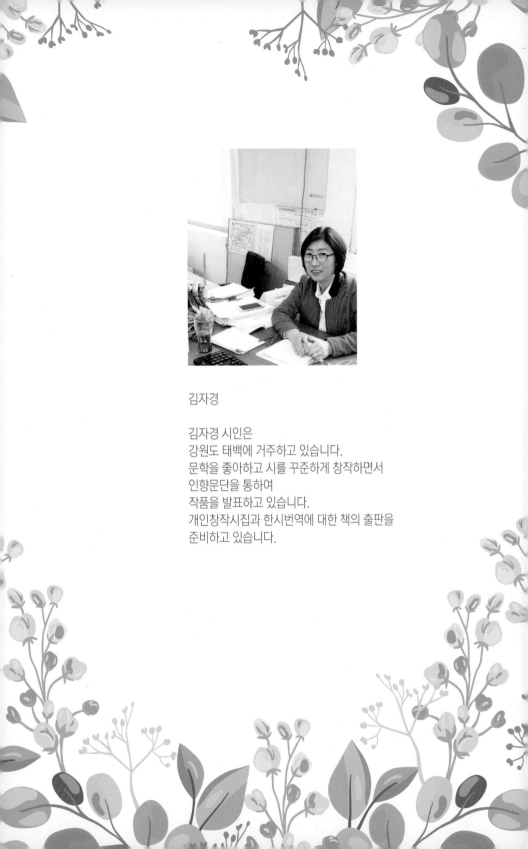

김자경

김자경 시인은
강원도 태백에 거주하고 있습니다.
문학을 좋아하고 시를 꾸준하게 창작하면서
인향문단을 통하여
작품을 발표하고 있습니다.
개인창작시집과 한시번역에 대한 책의 출판을
준비하고 있습니다.

夜幕降臨東海 어둠이 깃든 동해바다

弘演 김자경

夕陽西下灑余暉, 夜幕即將來臨際
茫茫東海升明月, 此時天涯共相望
寫盡東海之遼闊, 滌蕩塵埃無痕跡

서녘 노을의 잔조가
서쪽 하늘을 붉게 물들려
바야흐로 밤 어둠이 밀려드는
이 무렵에

망망대해 동해바다에
둥근달이 차오르고
하늘과 잇닿은 바다는
달과 서로를 마주하네

아득하니 넓고 넓은 동해바다를
글로 써보면서
속세 속에 낀 때를

春滿園 봄기운이 뜰 안을 메우거늘

弘演 김자경

春光融融勝似火, 春來江水綠如藍
春風禁不住花開, 春雨過後燕歸來
春季野火不盡燒, 春草遙看綠幽幽

봄볕이 따뜻하니
불타는 열기를 방불케 하고
봄이 찾아오니 강물이 녹아
푸른빛을 띠는데

봄바람이 불어오면
꽃은 끝없이 피고 또 피여
봄비가 지나가면
남쪽 갔던 제비가 돌아오네

봄 계절의 들불은 꺼질 듯도 한데
또다시 일어나고
봄 풀잎을 바라보노라니
그윽한 푸름 속에 빠진다..

白山雪景 태백산 설경

弘演 김자경

山頂月光復映雪, 積雪因月雪更白
月光似雪增明亮, 朱木枝頭雪花落

산 정상에 걸린 달빛은
겹친 눈 위를 비추어
산에 쌓인 눈은
달빛에 더욱 하얗게 빛난다.

달빛이 비추어지니
눈은 한층 밝아지는데
주목나무 가지에
소복이 내려앉는 눈꽃이어라

自醉春 스스로 취하는 봄

弘演 김자경

楊柳靑靑春自醉, 酒翁之意不在春
酒香纏綿心意醉, 烈酒壹杯焰火燒
梨花開滿庭院裏, 花氣散余飄浮雲

푸릇푸릇한 버드나무 기운에
봄은 스스로 취하여
술에 절은 할아버지는
봄기운조차도 감지 못하네

술향기에 사로잡혀
이 몸은 어느새 취기가 가득 차
독한 술 한잔의 열기는
가슴속에 불을 지펴 놓은 듯

정원 한가운데 배나무에 피어난 배꽃은
뜰 안을 메워
채가시지 않은 꽃기운 여운이
마치 떠도는 흰구름 같아

緬懷故鄉 마음속에 품은 고향

弘演 김자경

不知從何時開始, 懷念家鄉之味道
思戀家人與山景, 媽咪鍋巴記憶新
突然有點冷落感, 雨後彩虹依然麗

언제인가 마음속 깊이 담아두었던
그리움이여
고향의 그 풋풋한 맛과
살아온 모습들이 떠올라

고향 생각 떠올리니
친인에 대한 애절함만 깊어져
엄마표 누룽지 한 덩어리
아직도 기억이 생생하다

갑자기 몰려드는 쓸쓸함에
외로움만 더해지면서
비가 온 뒤에 무지개는
여전히 아름다움을 뽐낸다

김현일

강원도 평창에서 출생했고,
어린 시절은 원주에서 보냈습니다.
시와 음악을 사랑하고,
충주에서 직장생활을 하고 있습니다.

노을 속으로

김현일

날아가리
훨훨 날아가리

저 혼자 잘 쳐먹어
뒤룩뒤룩 살찐 몸뚱이
무겁기 그지없는 몸뚱이
거추장스런 이놈의 몸뚱이를
벗어 땅바닥에 패대기 쳐버리고

훨훨 날아가서 포옥 파묻히리
뻔뻔하기 짝이 없는 이 영혼
눈물도 못 흘리는 이 영혼
마른 곡소리만 꺼억 꺽
달 뜰 때까지 짖으리

서러운 품 속으로
그 노을 속으로

안개속에서

김현일

나는 당신을 볼 수 있지만
당신은 나를 볼 수 없어.

그렇게 만드는 것은 내게
하나도 어려운 일이 아니야.

난 그저 안개속에서
바지 주머니에 손을 꽂고
삐딱하게 서 있다가

저 멀리
당신의 형상이 희미하게 보일 때
한발짝 물러서면 그만이야.

집을 잃고 헤매는

김현일

먼 훗날,
우연히 마주쳤을 때
얼굴이 그대로이길

나이가 들더라도

목소리만이라도 그대로이길

혹,

이 작은 별에서
끝내 길이 어긋나고야 만다면

다른 우주에서라도 마주치기를
단 한번만 마주치기를

그때 꼭,
한 눈에 알아보기를

그것은 어디까지나

김현일

별은 어디까지나
별일 뿐이라고

바람은 어디까지나
바람일 뿐이라고

그것은 어디까지나
시인의 망상일 뿐이라고

어디에 꿈이 있는가!
어디에 희망이 있는가!
어디에 사랑이 있는가!

내가 도무지 볼 수 없는
당신의 꿈은
당신의 희망은
당신의 사랑은

그것은 어디까지나
당신의 망상일 뿐이던가!

바람

김현일

가기는 가야되는 길인데
참으로 가기 싫은 길인데

썩을 바람은 왜 하필
뒤에서 쳐 불고, 등을 떠밀며
안하던 짓을 하는고.

앞에서 불어주시오.
기왕에 불꺼면 걷지도 못하도록
세게 불어주시오.

내친김에 빈깡통 하나 날려
눈탱이 시퍼렇게
도장도 찍어주면 좋구요.

바람땜에 늦었네
핑곗거리 좋구요.

민성식

민성식 시인은 충청남도 논산에서 태어나
초등학교를 논산에서 다녔습니다.
그 이후 대전으로 나와 지금까지 대전에서 살고 있습니다.
시를 꾸준하게 창작하면서 인향문단 5집에 참여하면서
자신의 작품을 인향문단에 발표하고 있습니다.
지금은 화물차 운송업을 하고 있습니다.

눈은 내리고

민성식

매화꽃 예쁘게 필 때 오신다고요

이내 겨울은 춥지 않을지언정
금번가을 귀뚜라미 울음 그칠 적엔
그 소리도 애잔했건만
어느덧 이렇게 하얀 눈꽃송이
소리 없이 내릴 줄이야

소복소복 내려와 쌓인 하얀 눈
외딴집 외딴마을 골짜기엔
지나간 발자국 하나 없고
하얀 밤 하늘가에
솜털 같은 눈꽃송이만
하염없이 내리니

그리운 그 사람,
하얀 눈꽃송이 타고 오시려나

호수 위에 피는 꽃

민성식

꽃이, 꽃이 피어있네
호수 가운데 꽃이 피어있네
푸른 호수 한가운데
고요히 아름답게
홀로 살포시 피어있네

내가 작은 물새라면
잔잔한 물결위로
살며시 다가가
아름다운 꽃향기에
한껏 취해보리
내가 갈대풀이라면
언제나 꽃과 함께 하리

그러면 그 꽃은
더 이상
외롭지는 않겠지요

그 별빛을 기억하며

민성식

오는 봄도 서러워
한기로 오싹하니
홀연히 새하얀 목련꽃 향기
그리울 때는
그 별빛 기억하며
추억이 머무는 곳으로 가리라
이제 온화한 꽃잎처럼
콧노래 들릴지니
빛나는 별, 뜨거운 밤이로다
그래도 이내 애달픈데
칠흑 같은 어두운 밤
짙은 서러움에
추억이 빛나던 그 밤이 그립구나

푸른 하늘을 나는 새에게

민성식

푸른 하늘을 바람처럼 나는
이름 모를 새야
새야, 너의 날개에 그리움 싣고
향긋한 봄을 싣고 가려무나

날아가다가
살구꽃 핀 마을 만나면 쉬어가렴
가다가 달빛 휘영청 밝으면
바람꽃 그늘에 쉬어가렴
가다가 흐느껴 목매이면
그리움 품은 밤꽃 옆에 쉬어가렴

겨울 강변에서

민성식

이 밤도 추위에 떨며 지새웁니다
꽃잎마저 꽁꽁 얼어
너무 애처롭습니다

이젠 잃어버린 맑은 강물도
꽁꽁 얼어붙었습니다
강변에서 아침을 맞은
나의 심장도
얼어붙었습니다

이내 눈물이 눈을 가립니다
따뜻하게 감싸줄
사람이 그립습니다
이내 가슴을 뜨겁게 감싸줄
꽃잎이 애타게 그립습니다

민병식

전) 경기브레이크 뉴스 작가
현) 새한일보 논설위원
현) 대한시문학협회 경기지회장
현) 다솔문학회 회원
현) 다향정원문학회 회원
현) 동방문학 회원
현) 인향문단 회원
현) 21문학시대 회원

2019 문학산책 공모전 시 부문 최우수상
2019 온고지신 문예공모전 시 부문 최우수상
2019 강건문화뉴스 올해의 작가상
2020 詩詩한 남자 문학상 공모전 수필 부문 최우수상
2020 제20회 전국 호수예술제 백일장 산문 부문 우수상

저서: 2018 시집 살아있을 때 사랑하라 외 다수

아카시아

민병식

아카시아 나무아래
어지러웠던 향기
추억은 아름드리 사랑이 되다

봄

민병식

발그랗게 상기된 볼 살짝 가리고
연지곤지 새악시 곁눈질하듯
수줍게 세상에 다가오는 너

불면

민병식

사랑한다는 한 마디에
쿵쾅쿵쾅 심장소리
눈을 질끈 감아도
잠 못드는 밤

아지랑이

민병식

딱딱한 얼음 땅을 뚫고
산들산들 바람을 타고
겨울의 담장을 넘어
햇빛 잔잔한 들판을 날아
봄을 전달하는 설렘 편지

첫 눈

민병식

태초에 겨울이 태어났을 때
세상을 온통 하얀색으로 만든
그때 그대로의 모습으로
하늘 가득 유영하는 사랑새의 날개 짓

박귀자

박귀자 시인은
경상남도 울산에 거주하고 있습니다.
문학을 좋아하고 시를 꾸준하게 창작하면서
인향문단을 통하여 작품을 발표하고 있습니다.
지금 개인창작시집 출판을 준비하면서
왕성한 창작활동을 하고 있습니다.

봄의 왈츠

박귀자

댓잎이 춤을추듯 바람에 흔들린다
경쾌한 음악속에 오가는 발걸음도
새들의 화모니 속에 장단맞춰 걷는다

가을숲

박귀자

초록이 머물렀던 가지끝 흔들리듯
아픔들 놓지못해 붉게 맺힌 이슬방울
번뇌를 참지를 못해 저리 짙게 물들까

매달린 운명의 삶 갈바람 마지막 생
뼈대만 남겨놓고 흔적없이 사라진다
가로등 불빛만 홀로 눈물방울 떨군다

화려한 녹음뒤에 초라히 나뒹구는
몰골로 이리저리 뒹굴며 돌아온 곳
햇살이 품어 놓았던 품속에서 잠든다

보름달 옥토끼

박귀자

은하수 별빛 물결 출렁이면 쪽배 하나
은쟁반 받쳐 놓고 보름달 반쪽 떼내
밤새워 고운 백설기 찧어대는 요리사

저 둥근 달빛 속에 숨겨진 하얀 속살
시름을 찧는 방아 넘쳐튄 별 조각들
일곱빛 무지개 피워 밀어낸 이른 새벽

낙지

박귀자

펼쳐진 좌판 위로 스몰스몰 팔자걸음
발꿈치 치켜세워 떨궈낸 진한 먹물
젓가락 화들짝 놀라 뿜어내는 바다향

마지막 생 뱉어내듯 해초향기 날린다
돌틈에 보금자리 파란하늘 이불삼아
진흙 속 살찌운 꿈 백사장 그려넣고

쇠약한 사위 위한 장모의 만찬 준비
온몸을 둘둘 감아 반달을 만든 이후
기름장 듬뿍 발라서 세발낙지 먹인다

월포떡집

박귀자

덜커덩 더덜커덩 방앗간 기계소리
삼키고 토해내고 흰 눈꽃 날리듯이
딸내미 보낼 백설기 떡시루에 올린다

무지개 한입에 넣자 쫀득쫀득 붙는다
굴뚝에 피어나는 옛애기 모락모락
오곡이 익어가는 후미진 산골 마을

서산에 걸린 달빛 인절미 띄운 걸까
달콤한 콩고물에 고소한 별빛가루
시루에 소복이 쌓여 인연도장 찍는다

每恩 박귀옥

박귀옥 시인은 인향문단을 통해 시를 발표하며 등단하였습니다. 인향문단 3집과 인향문단 4집에 시를 게재하였고 지금까지 쓴 시들을 모아 [산다는 것을]이라는 개인창작시집을 출판하였습니다. 방송통신대학에서 문화와 교양학과를 공부하였고 문예창작에 대하여 더 깊이 있는 공부와 창작을 하기 위하여 현재는 서울사이버대학에서 문예창작학과를 다니고 있습니다.

밤하늘

박 귀 옥

까만 하늘
아기사슴 눈처럼 초롱초롱
별들이 속삭인다

그리운 사람 그리며
눈먼 사람처럼 까만 밤
별만큼 애간장 태우며
그리운꿈 꾸며 하늘을 그린다

살포시 내려앉은 은하계 작은별들
흩어지는 모래알처럼
별들이 잉태되어
아름다운 삶의 그리움 소복이 싸이고

코발트블루로 채색돼 반 고흐의
그림처럼 차분하고 고요한
별은 그리움으로 잠든 영혼을 위로한다.

마음의 섬을 찾아서

박귀옥

쑥부쟁이 널브러진
숲길을지나
맘속에 깊숙히
묻어두었던 작은섬을
찾아 떠난다

그리움의 작은 씨앗을 묻으며
기쁨의 날개를 흔든다

분노의 거친 숨결을 삼키고
행복의 미소를 보이며
조용히 흐르는 물결의
물꽃을 바라며
영혼의 깊은 사유를 위하여
마음의 작은섬을 찾는다

내 작은 마음의 빗물

박귀옥

여름날 눈 부신 태양은
뜨거운 햇살을 뿌려서 살을찌우고
그리움의 목마름에 비를 뿌렸습니다

한 발 한 발 내딛는 발자국 위에
욕심이라는 흙탕물
튀어와 뭉그러진 자국마다
따뜻한 손 내밀어
치유하는 세월이 또 하나의
벗이 되어 함께 갑니다

텅빈 외로움에 가득채워지는
빗줄기는 그대의 그리움 만큼 쌓이고
그대를 향한 내 작은 마음은
빗물에 씻기어 사라집니다

바람

박귀옥

파르르
초록의 신록이 아름아름 달려
살포시 떨림이
그대의 가녀린 심장소리로
내 귀를 스칩니다

암자의 처마밑 풍경에
온몸을 부딪쳐 잔잔히 울리는
그대의 숨결이 설렘이 됩니다

꽃내음 가득한 그대는
갈망의 신음을 토하고
겸허한 들꽃의 향기가 됩니다

커피

박귀옥

에스프레소 쓴맛이
입안 가득퍼지며
온몸을 파고든다

쓴 향기는 마음 깊숙한 곳에서
사랑을 만들고
연인의 향기처럼 감미로운 카푸치노 한 잔은
혓끝에 맴도는
매혹스러운 선율처럼 밀려온다

휘핑크림 한 모금은 첫 키스의 달콤함이
입안 가득 스며든다

헤이즐넛 은은한 향기는
첫사랑의 설렘을 느끼게 하고
모락모락 피어나는 사랑의 씨앗이
거름이 되어 삶 한가운데 싸인다
커피믹스 한 잔은
어느 무식한 부부의 이야기처럼
무식하고 털털하지만
아름다운 조화는
부드럽고 달콤한
우리의 삶처럼
향기마저 아름답다

쓰디쓴 커피 한 잔은
행복을 전하는 전도사요
사랑을 전하는 파수꾼이다

박완규

박완규 시인은 경기도 용인에 거주하고 있습니다.
인향문단으로 등단하였고
인향문단 잡지 편집위원을 역임하고 있습니다.
인향문단 회원으로서 시를 활발하게 발표하고 있고
개인창작시집으로
[누군가 그 길을 가고 있다]를 펴냈습니다.

일출

박완규

긴 기다림은
그리움보다 크다

보고픔은
고요한 아침의 태양

어제도 기다리다
그리움만 산처럼 컸다

정 많은 사람
산에 올라 기다린다

장맛비

박완규

내가 사는 아파트 옥상
키다리 장마전선이 서서
태평양에서부터 참았던
볼일을 보며 쉬이 쉬이 쉬

오늘 같이 비내리는 날이면
울엄니 노릇노릇 부침개에
막걸리 한 잔 할래 하신다

앞산에 꼬신 냄새 퍼지면
장맛비가 숲 속에 볼일을 본다
쉬이 쉬이 쉬이이 쉬이이

막걸리에 단디 취하고
꼬신 냄새에 취한 장맛비
정신없이 토악질을 한다.

기죽지 말아요

박완규

쫄면 짜요
쫄지 말아요

가난하다고 해서
맛있는 걸 모르겠는가
기죽지 말고
가슴과 어깨를 펴요

오히려 부자가 아니라서
얼마나 다행인가요
지킬 것이 없으니 말이죠

세상엔 볼거리가 참 많아요
하늘 산과 바다 강 맘껏 봐요
공짜니까요

오늘 점심엔 쫄면 한 그릇 먹어야겠어요
쫄면 짜요
쫄지 말아요
기죽지 말아요.

만지고 싶은 목소리
박완규

꿈 같은 오월의 바다
머얼리 수평선에서 피어난다네

푸우푸우 달려오는
그 사람의 푸른 목소리

이리와 봐 이리와 봐
바라보다가 물들고 말겠어

눈물나게 푸르른데
아무래도 안 되겠어

저 수평선에 집을 짓고
그 사람의 푸른 목소리

딱
한번만
만져봤으면

그런데 왜 이렇게 짜고 쓴맛이지

유월

박완규

너무도 짧은 해가
오월이를 데려갔다
아침이 오면
유월이와 함께 온다 했는데

동산으로 마중 나가야겠다

우린 서로 끌리고 있다
만나면 밝은 빛이 된다
어둠을 밝히는

박주영

박주영 시인은
경상남도 김해에 거주하고 있습니다.
시를 꾸준하게 창작하며 인향문단을 통하여
작품을 발표하면서 등단하였습니다.
활발한 창작활동을 하며
자신의 개인시집을 준비하고 있습니다.

비안개

박주영

비안개 내리는 날
산이 프로포즈 하는날

구름도 부끄러워
하늘을 가리고

산나리 꽃 고개를 들고
갸우뚱 가우뚱

수줍은 능소화
눈물을 흐린다

산이 아랫산에게
물안개 꽃을 던진다

밤꽃

박주영

밤꽃이 핀다
어린아이 윗니처럼
해맑음이 소복히 쌓인다
산 아래 사는 내가 행복하다

촘촘한 향기
공기반 향기반

본능을 자극하는
꽃 비린내
하늘의 별들도 향기에 취해
머뭇거리다
그냥 주저앉아 별처럼 피는꽃

밤꽃이 피면
모두 행복해진다
어린아이처럼
윗니가 드러나도록 웃는다

수련

박주영

조그만 암자
고무통에 핀 수련 세송이

예쁜 미소
나를 반긴다

낮 햇살에 눈을 감고 있는 모습
묵언수행 중
나도 법당에서 눈을 감고
묵언수행

퇴행을 하려고 나서니
빵긋 웃는다

배웅도 예쁜 수련

안개비

박주영

안개가 내리는날

개구리 한마리
물방울을   터트린다

톡톡 톡 다탁탁
비오는소리

안개에 가려져 보이지도 않고
들리지도 않는
안개비 내리는 날

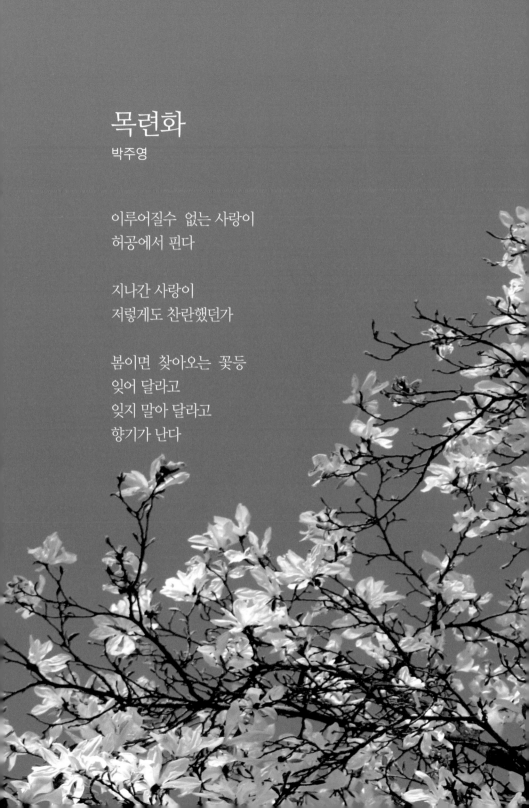

목련화

박주영

이루어질수 없는 사랑이
허공에서 핀다

지나간 사랑이
저렇게도 찬란했던가

봄이면 찾아오는 꽃등
잊어 달라고
잊지 말아 달라고
향기가 난다

박은옥

박은옥 시인은 충남 서산에서 태어나 유년시절을 보냈습니다. 초등학교 6학년때 부천으로 전학와서 학창시절을 보냈고 결혼후 잠시 다른지역에서 생활하다 10년전에 다시 부천으로 이사와 현재까지 거주하고 있습니다. 학창시절부터 글쓰는 걸 좋아했고 지금은 고등학생 과외를 하면서 매일 반복된 생활에 글을 쓰는 건 삶의 활력을 주었습니다. 인향문단에 시를 발표하면서 등단하였습니다. 인향문단 시화집에 참여하면서 활발한 창작활동을 하고 있습니다.

내마음의 바다

박은옥

밀려오는파도는
모래사장에 새긴 글을 지우고
되돌아간다

얼마나
많은 슬픔을 지웠을까
얼마나
많은 기다림을 마음에 새겼을까

슬픈이의 눈물을 담아
바닷물이 유독 짜다

오늘도 바다는 네 눈물 기억해
밀려와 널 바라보고 돌아가기를
반복한다

수평선 너머
멍하니 바라보고만 서 있어도
밀려와 모든 상처를 치유해 주는 파도

내 마음의 바다엔 짠 눈물이 있다
그곳엔 편안함의 향기가 있다,

산책길 나무가 말을 걸었다

박은옥

산책길 나무가 말한다

똑같은 길을 새벽과 아침과
한낮에 걸어가보면
춥다가 적당하다가 무지 덥다가
자연을 인간이 닮은걸까
인간을 자연이 닮은걸까

지금의 길이
새벽인 사람도
아침인 사람도
한낮인 사람도
새벽이라고 움크릴 필요 없고
아침이라고 교만할 것 없고
한낮이라고 지쳐 포기할 일 아니다

어차피 아침은 다시 오니까
휴일 지나 월요일이 온 것처럼
기다리지 않아도 낼도 오니까
그러니 오늘은
오늘을 열심히 살으라 한다

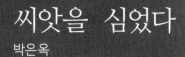

씨앗을 심었다

박은옥

삶이 촉촉할때도
메말랐을때도
돌밭이 되었을때도
고목나무가 되었을때도
변함없이 씨앗을 심었다

사랑의 영양분으로
행복한 새싹으로
예쁘게 자라도록.
그 새싹이 자라나
또 씨앗을 심는다

내 마음에 비가 내렸다

박은옥

내마음의 방에는
키다리 아저씨가 사나보다

그리움의 비가 와도
무거운 짐을 업고갈 때
비가 내려 더 힘겹게 할 때도
세찬 비바람 막아주고
내 마음에 보석상자를 만들어
결국 꽃을 피워주는

나의 마음에 우산을 씌워주는
키다리 아저씨

고향에 갔다

박은옥

고향에 갔더니
조용히 흐르는 여유로움으로
집을 지어 놓고 쉬었다 가라 한다

음메 울어 대는 소 울음 소리
이제 일어나 논 길 거닐며
소가 파 놓은 향긋한 흙냄새
온갖 시름 다 묻어 버리라 한다

뱃고동 울리며 먼 바다 바라 보며
다시 새 희망을 품으라 한다.

모내기 모판에서
파릇 파릇 모가 자라나듯
포근한 엄마 품속에서 쉬었다

고향에 심어놓은 모종 옮겨
삶을 노래 하라 한다.

박호제

최종학력 : 경희대학교 사회교육원 졸업
현재직업 : 전업주부
취미 : 요리
본업 : 가수
특기 : 노래, 글쓰기

잠깐이라도

박호제

자네도 쉬어가시게
올해 삼복더위는 지난해보다 더 덥다네
그리움도 아쉽고
외로움도 저만치 떠나가고 있구려
보고픔도 슬픔에 가려진다오
이게 웬 말인가 생각해 보게

함께라서 그래!

박호제

동행이 행복해야 해
아름다워야 해
무더운 여름이 싫음이 되지 않길 바래
행복아 좋음이 되어주려무나
기쁨아 복됨이 되어주지 않을래
그러나
나는 너희들이 모두 좋아

삶

박호제

기쁘게 살아도
슬프게 살아도

누구나
겪고 사는 삶이라 생각 하기에

난
두렵지 않다.

청년 같소

박호제

청춘은 늙지 않는다.
늙어가지 않으면 인생 살맛 안 나지
그렇지만
같은 말을 계속 들어도
좋은 말이라면
우리는 언제든지 환영하오

신록의 푸른 계절에는

박호제

신록의 푸른 계절에는
추억을 회상하라고 하네요

추억을 회상하는 동안에는
젊은 시절로 돌아가기 때문이라고 해요

박효신

박효신 시인은 충청남도 아산에 거주하고 있습니다.
인향문단에 시를 발표하며 등단하였습니다.
왕성한 시작활동을 통하여
첫 창작시집인 "나의 세상"과
두번째 시집 "내 눈에 네가 들어와"를 발간했습니다.

행복이란

박효신

살다 보니 니쁜 날보다
좋은 날이 너무 많아서
행복이 뭔지 모르고 살아왔다
그냥 그렇게 사는 것이
당연하다 생각하고
여태껏 살았다

그래도 행복이 뭐냐고 묻는다면
행복은 삶 자체가 행복이라고
말하련다

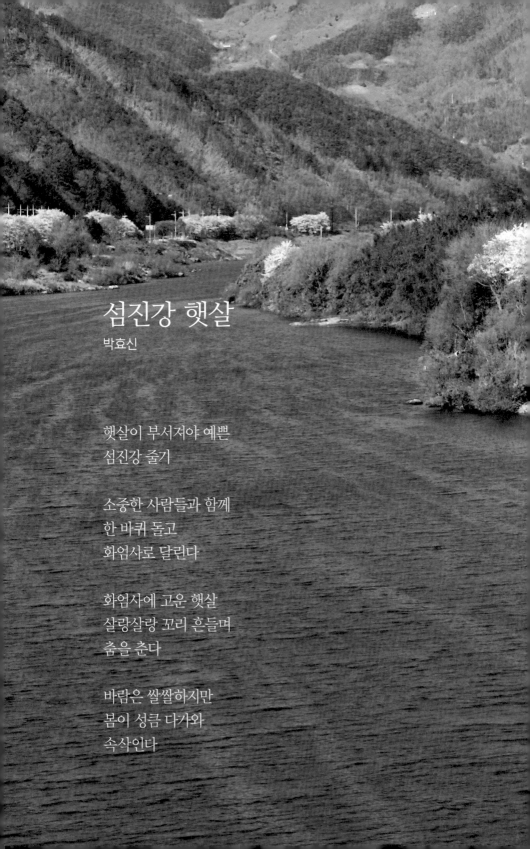

섬진강 햇살

박효신

햇살이 부서져야 예쁜
섬진강 줄기

소중한 사람들과 함께
한 바퀴 돌고
화엄사로 달린다

화엄사에 고운 햇살
살랑살랑 꼬리 흔들며
춤을 춘다

바람은 쌀쌀하지만
봄이 성큼 다가와
속삭인다

그대와 난 찰나였습니다

박효신

소리 없이
그대가 찾아온 그날

부푼 가슴에
설렘이 가득하다

그대가 다가와
속삭인다

그 사람은 허락도 없이
찾아왔다가
허락도 없이 떠나간다

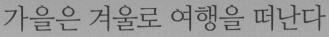

가을은 겨울로 여행을 떠난다

박효신

갈바람 타고
돌아온 가을이 떠난다

저 먼 곳에서
동장군은
하얀 겨울을 안고
성큼 다가온다

황금 들녘, 붉은 산하를
벌거숭이로 만들어 놓고

가을은 겨울로
여행을 떠난다

창가에 서서
박효신

내 창가에 머물며
내 영혼을 부르는
그대를 기다립니다

그리워하지만
만날 수 없었기에

창가에 홀로 서서
그대가 머문 자리를
바라보고 있습니다

신명철

신명철 시인은 1965년에 출생하였고
충청북도 충주에 거주하고 있습니다.
문학을 전공하였고 시를 꾸준하게 창작하면서
인향문단을 통하여 작품을 발표하고 있습니다.
현재 개인시집을 출간 준비하고 있습니다.

목련

신명철

귓전에 와 있었지
짧은 향기로
부재를 알리며
두텁게 떠나는
후두둑한 울림
바람을 탓해
시절을 울리지만
네가 지면
비밀스런 기다림은
끝이다
하얗게.

섬 풍경

신명철

기억이지 싶다
섬은 갯나리로 가득했다
절벽도 꽃이 되는 봄바다
혼자 떠도는 섬들을 모아
씨앗을 뿌리고 있었다
자유를 핑계삼아 길길하던
사철 바람의 시절도
꽃따라 뭍에 올라
밤마다 인어의 꿈을
수직으로 꾼다

파도

신명철

바람 곁에 선다
흔들림이 일상인
낯선 곳에서도
망설임은 없다
가진 몸을 다 펼쳐서도
다음은 없다
비닐처럼 접혀지는 일상
누구도 그를 묻지 않는다
바람속에서 산다
바다위에서 선다
뭍에서 눕는다

연꽃

신명철

심청의 노래는
물을 타는
기다림의 꽃이다
목숨의 기도
수련아
천상의 비늘들아

달개비

신명철

버린 시간들을 센다
손톱 끝 푸른 달빛이
새로 피고
돌아날 때 쯤이면
물 가득 풀리는
멍울들

안귀숙

안귀숙 시인은 경북 안동에 거주하고 있습니다.
시를 꾸준하게 창작하며 인향문단을 통하여
작품을 발표하고 있습니다.

세상

안귀숙

몹쓸 세상의 찌꺼기가
무소유의 외침을 뿌리째 흔들고
안타까운 목숨을 내팽개친 채
하늘로 올라가는 것을 보고
삼킨 덩어리가
오장 육부를 헤집고 긁고 있다

못 을 박은 듯이 눈길을 주고
지구의 끝으로 바람도 다 흩어져 가버리고
수작은 이제 그만
우리 뼈 대 뼈로 협상하자
내 간이나 네 간도 한 입가심으로
꼬부라지고 어긋나고 삐딱한 세상
바로잡으려고 꿈틀거린다—

녹슬고 먼지 쌓인 시간 앞에 두고
저리는 계절의 비릿한 냄새가 나
한줄기 눈물에 기대고 싶은 날
풀지 못한 비밀이라도 남아 있나

울고싶다

안귀숙

많고 많은 사람들 오고가는
변화한 길거리에서 물어보라
아픔 없는 이
걱정 없는 사람 있는가
하늘 향하여 고래고래
울분 토하고 싶지 않는 이 있는가

삶이란 한 번쯤
자기만의 슬픔으로
울고 싶을 때가 있다

흐르는 물처럼 강물 잡고 울고 싶어라

보름달

안귀숙

달빛이 내려앉은 나무와 들풀
그냥 다소곳 있네요
해가 질 때도 달이 질 때도
내 마음만 바라기 하고 있네요

살이 가득한 달이 어두운 밤을 밝혀주어
노랗게 물든 강물도 요요히 흘러가네요
달이 뜰 때도 달이 질 때도

내 마음 그 속으로 가고 있네요
나 사라지면 달도 해도 나무와 풀도
또 다른 내가 그 모습 보겠지

달빛 익은 밤
나뭇가지 사이로 날아가는
새 한 마리처럼
하늘 높이 솟아올라
흐르는 강물만 물끄러미 바라본다

눈물

안귀숙

연꽃잎에 떨어진 동자승 하나
흙탕물 속으로 또그르르 굴러가서
무색계의 하늘로 숨어 버리고
나는 그냥 역성하듯 바라만 보고

눈물 하나만은 헤프게 쓰지 말자고
평소 잔소리하듯이 타일렀는데
너 가서는 오지 않는 밤참 때마다
옷섶에 밥풀처럼 떨어지는 싸리꽃 눈물

이 나이 먹도록 쓰린 마음
서쪽으로 흘러가는
내 사랑도 못 보았네

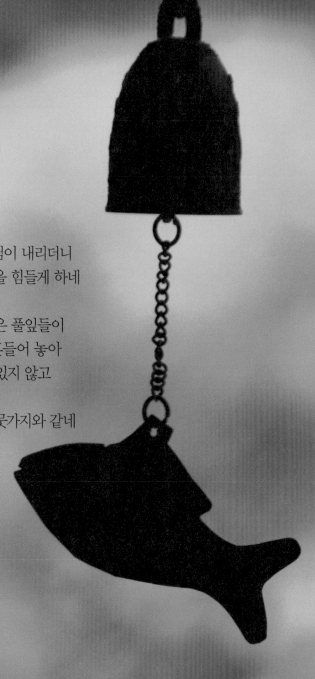

풍경

안귀숙

어젯밤 기다리던 빗님이 내리더니
오늘은 바람이 풍경을 힘들게 하네

바람에 흔들리는 작은 풀잎들이
내 마음 깊은 곳을 흔들어 놓아
그대가 곁에 있어도 있지 않고
내 그대 옆에 있어도
흔들리는 모습이 나뭇가지와 같네

저놈의 풍경소리는
왜 저리 요란하니

양영숙

양영숙 시인은 서울에서 태어났습니다. 성동여자 실업고등학교(상업과)를 졸업하였고
지금은 아산에 거주하고 있습니다. 여고시설 문학에 관심이 많았지만 장녀인 관계로
문학에 대한 꿈을 일시적으로 접을 수 밖에 없었습니다. 이제 잊고 있었던 꿈에 새롭게
도전하려고 합니다. 현재는 아산에서 한우축산업에 종사하고 있습니다.

새날을 기다리며

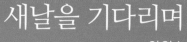

양영숙

눈을 뜨면 또 새날
새날은 인생의 기쁨과 환희

붉게 솟아오르는 저 태양
바다를 태운다

인생의 긴 터널 속에서도
처음과 나중 함께 공존하는
저 붉은 태양

온 천지를 불태우며
지금 이 땅에 범람하는 재앙도
뜨거운 태양의 열기로
태워 사라지게 하소서

기쁨과 환희로
가득 찬 새날 되길 바라며

몽당연필

양영숙

내 이름은 연필입니다
주님 손에 붙들린
연필 한 자루

영혼 살리는
글을 쓰시는 연필

때로는 편지로
때로는 책으로 쓰여
나는 점점 짧아지지만
주님이 쓰시니 나는 족합니다

내 이름은 연필입니다
주님 손에 붙들린
몽당연필

남편과 나

양영숙

소먹이 주고서
흰 눈 내리는 들녘을 바라보니
감사의 마음이 충만

이 나이에 욕심을 내려놓고
남편과 같이 컴퓨터 앞에 앉아
글을 쓰고 있는 지금
너무나 감사해

모든 것이
마음먹기에 달려 있는데
지금이라도
깨달았다는 것이
행복

삼월의 첫날

양영숙

새바람이 부는 역사적인
그날

독립투사들의 애국정신
저 가슴 뜨거운
그 심장의 요동
이 땅을 사는 모든 이에게
전해주소서

푸른 하늘 우러러 부끄러움 없고
열심히 살고자 몸부림치는
대한민국의 모든 국민에게
힘을 주는 날이 되게 하소서

아직도 희망과 용기는
우리에겐 남아있네!
할 수 있어
모두 힘을 내어보세

시골 인심

양영숙

답답하고 심란해
TV 리모컨 던져 버리고
동네 한 바퀴 돌아보았네
허리 굽은 우리 동네 어르신
양지쪽에 앉아서 쪽파 뽑아 다듬고 있네!
반가운 얼굴로 인사하니
교회도 못 가신다고 하소연하시고
동네 할머니 햇된장 맛보라고
한 사발 퍼서 싸주시면서
맛있게 익은 조선간장
큰 병에 담아 주신다

누렁이는 내 앞에 앉아 재롱 떨고
푸른 하늘엔 뭉게구름이
멋지게 수를 놓고 있네!

농촌의 정취는
우리 모두 마음의 고향

유미경

유미경 시인은 시를 꾸준하게 창작하며 인향문단을 통하여 작품을 발표하고 있습니다.
93년 한국일보주최 넉픽션 최우수상을 수상하였고 94년중앙일보, 여성중앙, 문예창작
에서 우수상을 수상하였습니다. 95년 정보통신부 주최 편지쓰기대회에서도 우수상을 수
상하였습니다.

인생무상

유미경

높고 낮음이 무슨 소:용이냐
배우고 더 배우고
무슨 소용이냐
보고 못 보고
듣고 못 듣고가
무슨 소용이냐

더 가졌다면
부자(富者)일 뿐이고

부자(富者)가 되질 못할 바엔
다 어리석음의 극치
불쏘시개 땔감일 뿐이로니

인생은 그렇게
무색무취(無色無臭)인 것을…

어둠

유미경

보이지않음을
두려워마라

어둠속에도
빛나는 소망이
있으니
그 빛을 보라

그 어둠속에서
품고있는 마음의
거울을보라

어둠이 진정한
빛의 어머니라

인연

유미경

이 별에서
꽃하나 생겼습니다

만지작

주머니속에
호도두알 부대끼듯
깨질듯 하면서도
더 단단해지는 꽃도
노을에 익어갑니다

향기가 추억속으로
희미하게 작아지지만
잡은 손은
아름다운 별이 됩니다

성찰

유미경

민낯이 쑥쓰러워
마주할 수 없었다

짧은 머리칼로는
어찌 할수 없음에
하늘을 보았다

쏟아지는 햇살아래
반짝이는 진주 같은
영롱한 이슬맺힘이
그 태양아래서
그렇게 폼나는 줄은

전라로
풀잎을 베고 누워서야
내 안의 나를 보았다

눈물

유미경

햇살아래
빛나고있디

진주일까
다이아일까

이도저도 아니라면
그냥 짠맛의 소금일뿐인가

세차게 제법 내린다
그래도
햇빛 아래 눈부시다

유평호

유평호 시인은 청주에 살고 있습니다.
란 조직배양 농장을 운영하며
서각작가로써 활동하고 있습니다.
오랫동안 시를 틈틈이 써왔으며
인향문단 5집에 시를 발표하면서
등단하였습니다.

포란

한울 유평호

막차가 떠나갔건만
간이역 정거장에서
무한정 기다린다
버스가 올 것이라고
첫 사랑…
떠나간 내 청춘
빈자리에
중년의
사랑을 품어 안는다

물망초

한울 유평호

그대
생각이 날 때면
지그시
두 눈을 감고
한 떨기 물망초를
그려 봅니다

사랑했다고…

여명

한울 유평호

어슴푸레한 새벽
창가에 별이 붙었다

자세히 들여다보니
그것은 바로
당신이었습니다

사랑아

한울 유평호

머물다간 사랑의
흔적들을 모아서
빈 가슴에 차곡차곡
품어 안고
포란을 한다

그대
빈 가슴에

사랑을
심으려고

그러려니

한울 유평호

그러려니 하고 살자
이제는…

까칠한 바람이
귓전을 때려도
변죽 끓듯한 구름이
비를 흩뿌리며
온 가슴을 적셔도

그러려니 하고 살자
산다는 것 그런 거지
늘 비바람 피해가며
숨바꼭질 하는 것 아니기에

밤하늘 별빛사이로
추억을 끼워놓고
붉은 해를 부여잡고
수줍게 희망을 날리며

그러려니 하고
나 살아가렵니다

이윤숙

이윤숙 시인은
경남 창원에 거주하고 있습니다.
인향문단으로 등단하였으며
지금도 왕성하게
시창작활동을 하고 있습니다.

지게

천찬 이윤숙

그것은 전용기였었다
어린 아기씨의 것으로
세 아들 있는 영감댁의 고명딸
때로는 침모의 등이기도 하는
아재는 진달래 가득 꽃으로 온통
아름답게 꾸몄다
하얀 아기씨를 위한 전용지게로

토실한 뚜꺼비로 느릿느릿
달랑 안아 꽃지게에 태우고
아래 위 마을을 한바퀴 돌다보면
뭇 아지매 들의 사랑이 듬뿍 담겨
새록새록 꿈나라 헤매던 꽃지게

다른 것은 아무런 것도 담지 말라던
영감님 분부로 수시로 태워주던 꽃지게
나리꽃 산수유 기다란 사초 등
꽃지게랑 춤추던 아기씨

꽃가마 타고 시집가던 날
두고 가는 아재랑 쓸쓸한 오후
서럽게 그냥 주저 앉은 꽃지게
그건 그냥 사릿대로 만든 바지게였다

사랑스런　숨의 공간

천찬 이윤숙

파랑 바다를
집에 데리고 왔다

기다랗게 노래하는 물고기를 닮은
파랑 바가지속에는 하나 가득
바다를 담고있다

선명한 음역의 합창단 소리는
우아한 춤사위를
분홍 손톱에서 느낄수있다
오르내리는 손등의 반짝이는
분홍 메니큐어
파도를 타고 춤추는 고래들
커튼에 흔들리어 환호하니
바다는 더욱 파랑스러움을 으쓱거린다

종이처럼 부서져 내리는 비늘
속삭이는 소리

언제 돌아가냐고 파랑 바다에
그리움에 야위어 가는
파도에 숨고 싶어하는
파랑 비늘에 환호하는 물고기들

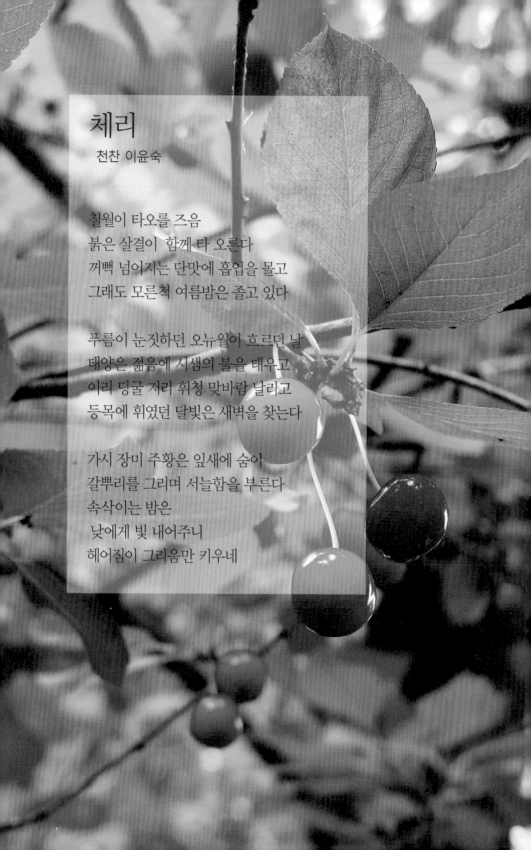

체리

천찬 이윤숙

칠월이 타오를 즈음
붉은 살결이 함께 타 오른다
끼뻑 넘어지는 단맛에 흡입을 몰고
그래도 모른척 여름밤은 졸고 있다

푸름이 눈짓하던 오뉴월이 흐르던 날
태양은 젊음에 시샘의 불을 태우고
이리 딩굴 저리 휘청 맞바람 날리고
등목에 휘였던 달빛은 새벽을 찾는다

가시 장미 주황은 잎새에 숨어
갈뿌리를 그리며 서늘함을 부른다
속삭이는 밤은
낮에게 빛 내어주니
헤어짐이 그리움만 키우네

마음(시에게)

천찬 이윤숙

너 아니?

너를 만났을 때 내 맘이야
죽어도 좋을만큼 타 오르던 내 맘이야

너
그러는 거 아니야
외면할 때의 얼음장 같은 니 맘

어젠
눈에서 흐르는데
어쩔거니
이 마음을·····

잊어버린 날

천찬 이윤숙

그게 마지막이었다
흠뻑 젖은 두 사람은
비에 젖었고 서로에 젖었다
아직도 나는
헤어나지 못하고
으시시
떨고 있다

이인희

이인희 시인은 전남 영광에서 태어났습니다. 시를 쓰고 싶었던 문학소녀였지만 중간에 학업을 포기하고 어린 나이에 세상에 나오게 되었습니다. 이후 봉제 분야에서 일을 시작하였고 지금도 봉제 관련 일을 계속하고 있습니다. 이화동 작업장에서 시간이 날 때마다 틈틈이 습작을 하였고 일이 끝난 후에 어려운 상황에서도 시를 꾸준하게 썼습니다. 이런 노력의 결과로 인향문단에 시를 발표하면서 등단하였습니다. 인향문단에 발표했던 글과 그 동안 습작했던 글들을 모아 "이화동의 바늘꽃"이라는 시집을 펴낼 준비를 하고 있습니다.

봄은 내 마음에 머물지 못하고

이인희

바람이
봄을 몰고 가
꽃들은
고개만 절레절레

봄바람에
꽃잎만 떨어지고
산새소리
바람에 섞여서 들리지 않네

봄은 바람 따라 가고
꽃은 봄의 뒷모습만
바라볼 수 밖에

봄바람에게

이인희

봄바람이 추워서
부엌 창문 틈사이로 들어오다
나에게 들켰다

발이 시리다

봄바람은
잠깐 들렸다
다시
밖으로 나갔다

그래,
추우면 언제라도 와

오월의 아침

이인희

오월의 봄은 싱그럽고
오월의 봄은 신의 선물입니다

아침 공기는
내가 살아있다고 느끼게 해주는
아침의 소중한 선물입니다

오월의 봄은
아카시아 꽃향기에
산이 취하고
나도 취합니다

나도 모르게 미소 짓는
오월의 봄

봄바람이 분다

이인희

남쪽 고향, 내 고향 마당에
벚꽃이 피었다고
봄바람이 내게 와
벚꽃 향기를 안겨주고 간다

벚꽃바람 안고
나는 지금 작업장으로
봄을 만들러 간다

가끔 내가 그곳에 있을 때

이인희

세상 어느 곳에서든
나를 만나면
살짝만 웃어줘

그래야
가볍게 잊어줄 수 있을 거야

그냥 지나가도 돼
그래도
잠깐 봤으니까

그때는 정말 힘들었는데
시간이 나를 잊게 하네
지금은
언제 내가 그곳에 있었나해

가끔 내가 그곳에 있을 때
너를 기억할게

이정순

나린 이정순 시인은 경기도 화성에 거주하고 있습니다. 1977년생 경북문경에서 출생하였고 국어국문학을 전공하고 있으며 시 부분으로 등단하였습니다. 들풀문학 대상을 수상하였고 현재 문학촌 편집위원으로 활동 중이며 (사)한국문화예술 진흥원 재무이사를 역임하고 있습니다. 인향문단 편집위원으로서 인향문단 5집 작업에 참여하였고 6집을 준비 중에 있습니다.

봄을 심는다

이정순

글밭에 마음을 심는다
글밭에 시를 심는다
마음과 시가 자라서
인생의 봄을 심었다

들풀의 인연

이정순

들풀은 기억합니다
비바람에 지쳐 쓰러지며
차디찬 땅에서
한없이 울었던 지난 시간

험난한 세월 속에
살아온 삶
그래도 들풀은
이겨냅니다

동트는
새날

이제 들풀은
꽃으로 피어나기에
아름다움입니다

씨앗 하나가 숲을 이루고

-전국검정고시 총문회창립 30주년을 맞이하여

이정순

씨앗 하나가 숲을 이루고

작은 씨앗이었던 우리,
메마른 땅에 싹을 틔우고
바람에 지친 가지를
서로에게 기대며
폭설의 고통을 함께 이겨냈다
맞잡은 손으로 이룬 황금빛 숲
이립而立을 맞은 나무들이
순은純銀의 햇살 아래 함박웃음 짓는다
새로운 씨앗이 숲을 이룰 때까지
앞으로의 삼십 년
다시 발걸음을 재촉한다

바다에게

이정순

바다는 햇살과 바람을 머금고
갈매기 떼는 경쾌한 수다

안개꽃 같이 피는 새하얀 물거품과
내 마음을 스치는 바다바람

바다는 엄마품처럼
넓은 가슴으로 안아준다

우울했던 내 마음
내 눈물 쓸어가는 너

대신 울어주어 고마웠다
너를 만나며 긴 한숨을 털고나니
넘어진 마음들이 일어난다

잠시 흔들렸던 중심
이제 다시 자리를 잡는다

아름다운 인연

이정순

빈 마음에도 봄이 왔습니다

던비로
연둣빛 초롱한 새싹을 틔우고
뭉게구름 뭉실뭉실
피어나는 포근한 마음
예쁘게 가꾸어

아름다운 인연 따라
피어나는 마음꽃

사랑으로 키워
세상을 아름답게 살렵니다

이창복

이창복 시인은 경기도 여주에 거주하고 계십니다. 1954년에 태어났으며 대학에서는
이공계를 졸업하였으며 회사를 운영하고 있습니다. 글을 오랫동안 꾸준하게 써왔으며
인향문단에 시를 발표하면서 본격적인 창작활동을 시작하였습니다. 지금 개인문집을
발간하기 위하여 준비 중에 있습니다.

봄날 아침에

이창복

오늘 아침
화분에 물을 주는데
다육이가 생긋 웃었다
물방울을 머금은
호랑이 발톱 한 포기가
꽃대를 쑤욱 내밀고
사랑해요 하는 목소리로
상냥하게 인사를 건넨다
즐거워하는 다육이의 느낌이
내 가슴속에 다가온다

꽃망울 터트릴때
아플까봐서
손가락 끝으로
머리를 살짝
간질러 본다

해후

이창복

참 오랜만일세
늘 마음은 있으면서도
선뜻 다가서지 못했네

그러면서도
언제라도
널 맞이하고 싶었지
긴긴 세월동안
너와 만나길
기다리고 있었어

詩야, 이제라도
자주 만나고
가깝게 지내볼까

목련이 피었네

이창복

참으로 창피한 줄
모르는 놈이다
이른 아침에
그러려는건 그렇다치고

치마폭
한자락 가리우지 않고
내놓을거 다 내놓고

뻔뻔스럼
그 자체이더라도
참 순수하고 깔끔하다

이른봄 햇살이
제법
상큼하다

스마트폰과의 하루

이창복

살아있는 무기물
헤어질수도 없고
잊을수도 없는
안보이면 두리번두리번
안지니면 안절부절

식전부터 오전 내내
저녁지나 잠자리까지
손에서 놓치지지 않고
눈 밖에 나지 않는

하루종일 밀고 당기고
찍고 쓰고
보내고 받고
주물주물 문지르고
좌우로 제치고 쓰다듬고

지금도 뒤적뒤적
만지작만지작

성산포의 하루

이창복

파도는
방파제에
이마를 찧는다

새벽부터
하루종일을 못다해
밤새껏 내내
아까도 지금도

온몸이
시퍼렇게
멍이 들어도
파도는
그칠줄 모른다

우두커니
불을 밝히는
외로운 등대의
눈빛 안에서
갈매기 여남은 마리
날개짓한다

임용수

1968년 4월 3일 生
부모님 사이에서 10남매 중 아홉번째로 태어남

학력 : 충주농고 수석졸업, 연암대학교 졸업
경력 : 먹고살기 위해 13가지 이상 직업.
현재직업 : 보온공
삼성반도체, 파주디스플레이, 이천 하이닉스반도체,
탕정LCD 현장, 롯데월드123 Projet,
해외Projet 다수 진행함.
현재는 평택 고덕 삼성반도체 현장에서
팀리더로써 일을 하고 있다.
하루하루 목숨 걸고 살아가고 있다.

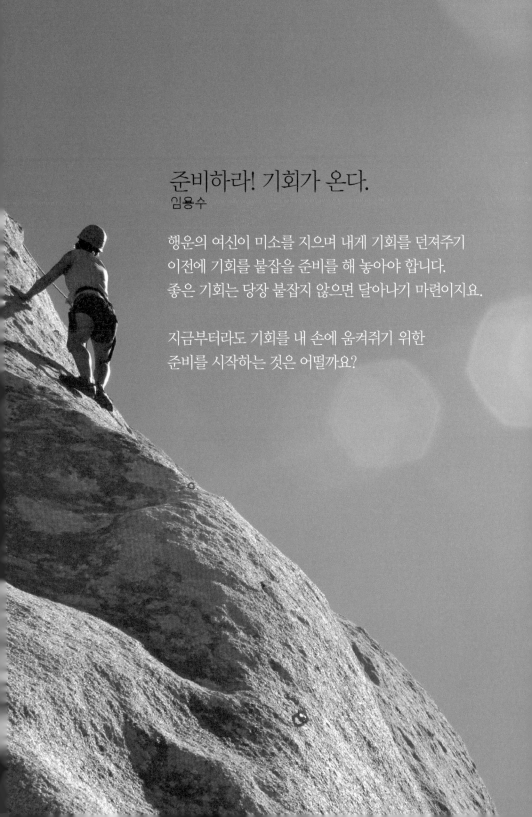

준비하라! 기회가 온다.
임용수

행운의 여신이 미소를 지으며 내게 기회를 던져주기
이전에 기회를 붙잡을 준비를 해 놓아야 합니다.
좋은 기회는 당장 붙잡지 않으면 달아나기 마련이지요.

지금부터라도 기회를 내 손에 움켜쥐기 위한
준비를 시작하는 것은 어떨까요?

돈버는것은 기술이지만
돈쓰는것은 예술적으로 써라.
임용수

당신이 얼마나 부자인지 얼마나 유명하고
높은 사람인지는 중요하지 않다.
당신의 장례식장에 참석하는 사람들의 숫자는
일반적으로 그날의 날씨에 의해 좌우된다.

누군가는 그러더군요..
포기하는 순간 핑계거리를
찾으러 다니게 되고
할 수 있는 순간 방법을 찾는다.
임용수

실패하는 사람은 실패를 끝으로
도전을 포기할 핑계를 찾고,
성공하는 사람은 실패를 통해 배우며
성공할 때까지 도전한다.

어제는 바꿀 수는 없지만
오늘은 만들어 갈 수는 있다.
임용수

우리에게는 존재하지 않는 것들을 꿈꿀 수 있는
사람들이 필요하다.

살아 있어야 희망이 있습니다.
맞습니다.
죽으면 아무 것도 할 수 없습니다.
도전하십시오.

임용수

이 세상에 위대한 사람은 없다.
단지 평범한 사람들이 일어나 맞서는
위대한 도전이 있을 뿐이다.

전경자

전경자 시인은 1955년 서울에서 출생하였습니다. 수많은 시간들이 세상을 바꾸고 꿈을 묻어두고 세상모르고 살았던 문학소녀가 잃어버렸던 꿈을 찾아 시인이라는 길에 접어들 었습니다. 홈플러스에서 12년6개월을 근무하다가 정년퇴직을 하고 인향문단에서 인향 문단 4집과 5집에 작품을 발표하면서 작가로 활동하였습니다. 그러면서 대한문인협회에 서 "꿈을 찾아서"라는 시 외 2편으로 시인으로 등단하였습니다. 현재 대한문인협회 경기 지회 총무국장으로 활동을 하고 있으면서 활발하게 작품활동을 하고 있습니다.

사랑

전경자

곱게 포장한
나의 사랑은
달을 사고
우주를 산다

곱진 사랑
달콤한 사탕이
아닌

사랑을 원해

수선화

전경자

곱게 단장하고
그대 곁에 가리라

오늘은
오늘만큼은

그대 생각하려고
해 불어오는 바람에
나도 모르게
심장이 뛰어넘어

그대는

전경자

아쉬움만 가득한 이 거리에
달빛 조각 하나 눈물짓고
저 하늘 별빛이 품고 있는
아련한 그리움

달빛 그림자

남겨진 사랑이 은하수 되어
나를 달래준다

알았을까?

전경자

알고 있었을까
처음부터 우정인듯 아닌듯
뜨거웠던 기억이
친구의 열정
속마음을 얼마나 헤아렸을까

추억속의 소녀도
어디에선가 백발이 되었겠지
지금도 그때처럼
음악을 좋아할까

십자성

전경자

반짝이는 푸른밤
십자성 눈매 당신을
잃어버린 시간

뜨거웠던
입술
내 품 안에서 빛나는
시간

정용완

정용완시인은 65년 남원에서 태어나 남원중,남원 용성고를 졸업하고 남원 주변의 꽃과 사물을 보면서 글을 쓰고 있습니다. 문학을 전공하지 않았지만 인향문단회원이고 다솔 문학 회원이고 동시집 참새들의 모꼬지 동인지, 초록물결4,5집 참가작가입니다. (사)종 합문예지 유성회원이고 유성문예지 업무지원국장,(사) 종합문예지 산하 대한민국 가곡 작가협회 운영위원, (사)한국 저작권협회 회원, 남원시 학부모 연합회 명예 기자로 활동 하고 있습니다.

인동초

정용완

역경 속에서도
피는 꽃

척박한 대지에서
하늘 향해 우뚝 솟는
그대의 향기

끈기와
헌신적인 사랑으로
얼어 죽지 않고
살아남는 꽃

나의 마음에도
인동초가 피어난다

붉은 상사화

정용완

붉은 립스틱을 칠하고
외출을 하듯
잃어버린 기억을 되새기며

꿈도 사랑도 추억으로 남을 때
슬픔조차
잊을 수 없는 사랑으로
죽음에서 환생을 하듯이

어여쁜 꽃무릇의
화려함으로 달려가는
찬란한 오월에
슬픈 추억을
남기지 않으려고
안간힘 쓴다.

낙조 아래에서

정용완

날마다 보는 저녁놀이지만
시각 따라 변하는
붉게 물든 단풍잎처럼

구름 따라 떠도는
인생살이에서

장소 따라 변하는
모습에서

감출 수 없는
감회의 즐거움이
오늘도 그 자리에 서서
낙조를 보고 있네.

아카시아 꽃

정용완

척박한 땅에서도 잘 자라
배가 고플 때
꽃을 따 먹던 아카시아 나무

달콤한 향기에
벌이 찾아와 일하고
비밀스러운
밀애의 장소도 주는
아카시아 나무

오월의 아카시아 꽃은
그대의 행진을 응원하며
꾸준하고 성실한 마음으로
숨겨진 사랑과
오월의 향기를
전해주고 있다.

오솔길을 걸으며

정용완

푸른 잎이 우거진
오솔길을 산책한다

나 홀로 거니는 마음이
시원하다

바람에 나무 향기가 날아오고
바람 따라 흔들리는
잎들도 인사를 하듯 반겨준다

우거진 잎들 사이로 내려오는
햇살은 가슴에 담고
다람쥐의 귀여운 재주는
눈에 담고
숲의 세상을 마음에 담는다

오솔길에
꽃들의 향연은 없어도
나무들이
봄을 응원한다

정재석 시인은 1964년에 출생하였고
전라북도 남원에 거주하고 있습니다.
시를 꾸준하게 창작하며 인향문단을 통하여
작품을 발표하고 있습니다.
현재 또바기연구소장을 역임하고 있습니다.

무제

정재석

길바람에
서리꽃 지고
이른 꽃은
새 꽃으로 단장하네
버려버린 그 여인을
그리워하는 나
가소롭다.

꽃나무
정재석

종알종알 새소리 들으며
나무 아래에서
작은 별이 된다
빨강 열매 맺으려
하얀꽃을 피웠나
아쉬움 덜기 위해
꽃이 피는가
꽃나무는 제 구실을 하는구나

당신은

정재석

바람 불면서
장미의 향기 풍기네
당신은 들풀
향이 없어라
고급스런 모습 모른 체
풀과 풀 사이에서 사는
꽃 아닌 풀
나 역시 풀이니
천생에 맺어진 연 아니더냐
우리만의 꽃은 있다
작지만 향이 없는 향

마음에서 보다

정재석

해와 달은 언제나 그곳에
슬픔도 기쁨도 내 속에 있다
훈풍이 부는 날
귓가를 스치는 바람 소리
하늘에 펼쳐진 장관
마음으로 본다
황홀과 기쁨은
내 안에 있다

운명

정재석

행복만이 있는 줄
사랑이 가득한 줄
알고 지냈지
마지막 잎새가 걸리는 날
그리움을 알았네
운명에 철이 든 거야

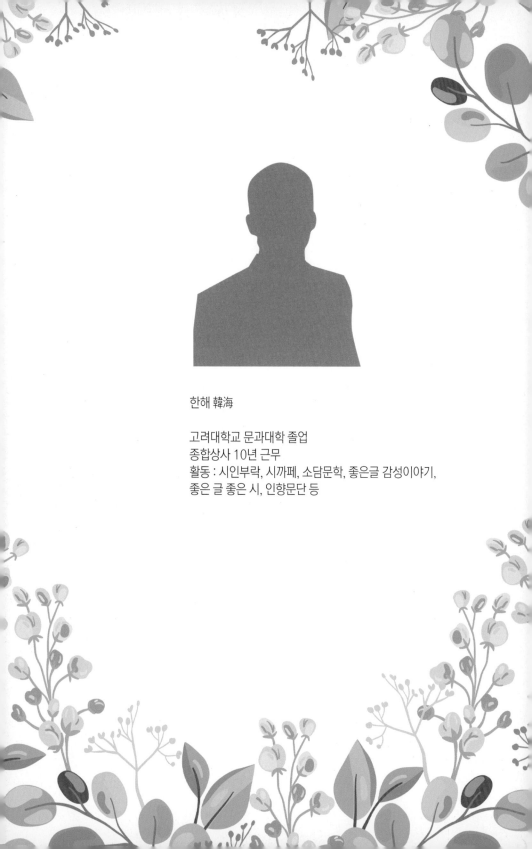

한해 韓海

고려대학교 문과대학 졸업
종합상사 10년 근무
활동 : 시인부락, 시까페, 소담문학, 좋은글 감성이야기,
좋은 글 좋은 시, 인향문단 등

해후

한해

견우직녀 만나는 칠석날이 언제이련가,
아득히 멀기만 한데,
그대 향한 마음은 애만 타구나.

우리 엄니 아부지 만나는 오늘은
꿈만 같아라
단숨에 하늘 높이 달려가네.

그리운 님을 기다린 지 어언 17년,
짧은 듯 긴 듯
흘러간 시간은 안타깝구나.

맞잡은 두 손에 눈물 떨구고
우리 엄니 아버지
그만 통곡해버리네.

하늘이 슬피 울던 어느 날
그대의 눈물에
못다한 사랑 피어나구나.

불효자식 爨, 부모님 영전에 바칩니다.

꿈을 그리다

한해

심미안(心美眼)이 번쩍일 때마다
나무와 꽃들이, 산과 들이 달려오고
대지(大地)가 뛰노나니

화공(畵工)의 가슴은 타오르고
영혼의 발자국 소리는
심금(心琴)을 울리나니

보이는 대로 들리는 대로
써 내려간 시(詩)에
자연(自然)마저 감탄하네.

심원(深遠)한 마음은 끝없이 달리고
마지막 손질마저 끝났는데,
그대의 손끝은 아직도 떨려온다.

아침에 너를 본다

한해

두팔 활짝 벌리고 함박웃음 지으며
오솔길 사이로 상큼하게
안겨오는 그대.

아침 햇살에 입맞추자,

잊을 수 없고
말로는 표현할 수 없는
추억조차 아쉬운, 순간의 감동에

그만 눈물 흘렸다.

땅끝을 파고드는
삶의 노래처럼
사랑은 아파도 그대를 붙들었고
나를 파고들며 노래불렀다.

새벽 산행길에 만나는
아침의 벅찬 감동이여,
너를 바라본다.

낯선 길

한해

지금 걷고 있는
이 길은

나에게 너무나 먼 길.
이토록 힘들고
괴로운 길을 가고 있다.

우리가 함께 걸었던
그 길은 너무나 달콤한
행복이었다.

나는
지금

너 없는
낯선 길을
홀로 걷고 있다.

허공愛

한해

불러도 대답이 없고,
달려도 갈 수는 없고,
사랑은 침묵하고 있네.
수없이 두드리고 밀고 열어도
얼마나 많이 울먹이다 눈물 떨구고 울어도
사랑은 잠이 들었나 묵묵부답하네.
이토록 잠 못 이루게 하는 이는
누구일까 생각해봐도
그대는 꽁꽁 숨었나
마음속 어디에도 찾을 수 없고
허공을 아무리 때려보아도
대답 없는 메아리 된다.

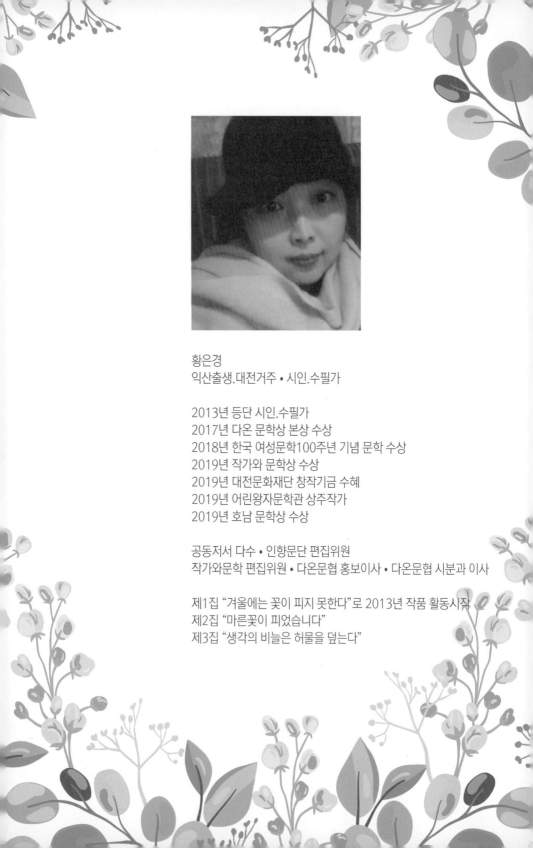

황은경
익산출생.대전거주 • 시인.수필가

2013년 등단 시인.수필가
2017년 다온 문학상 본상 수상
2018년 한국 여성문학100주년 기념 문학 수상
2019년 작가와 문학상 수상
2019년 대전문화재단 창작기금 수혜
2019년 어린왕자문학관 상주작가
2019년 호남 문학상 수상

공동저서 다수 • 인향문단 편집위원
작가와문학 편집위원 • 다온문협 홍보이사 • 다온문협 시분과 이사

제1집 "겨울에는 꽃이 피지 못한다"로 2013년 작품 활동시작
제2집 "마른꽃이 피었습니다"
제3집 "생각의 비늘은 허물을 덮는다"

낙조

황은경

수몰된 숨을 품어
불새로 날아간다
세상은 환상의 화공

수로가 되고
숨통을 잇는
콸콸한 당신의 돌기

당신의 부름에
달려 나가면
붉은 꽃 마중 받는 길

시인

황은경

가슴이 허락하면
마지막은 없다

마지막이란 말이
시가 되던 날

시 한 줄의 목숨으로
다시 태어났다.

안개꽃

황은경

하얀 눈물
뚝
뚝
영혼처럼
피우는 꽃잎

송알송알
맺힌 연정
쏙
쏙
박혀버렸네

해찰

황은경

무엇에 홀린 사람마냥
허우적거리며 만난 순간들
내 안에서 시키는 대로 한 것뿐이다

그 시간이 길었든
그 시간이 짧았든

후회 없기를 바라고
후회 안 하고 싶기에

그냥
고개 하나 넘고
서산으로 넘어가는 세월
붉은 속을 보고
울었을 뿐이다.

섬

황은경

나란히 서로 바라보니
할 말이 없다

이미
바라보며 흘러오지 않았는가

고기잡이하던 배도
배웅하고 나니

수평선 저 멀리
하늘이 닿아

다시 봐도
너라는 섬

다시 봐도
나라는 섬

인향문단 원고 모집

인향문단에서 다양한 분야의 작품을 모집합니다. 인향문단은 전문작가는 물론 생활 속에서 자신이 체험한 글을 진솔하게 쓰는 이름이 알려지지 않은 작가분들의 글들도 환영합니다.

모집분야 : 시, 소설, 수필 등 제한없음.
채택된 원고는 인향문단에 수록, 인향문단의 전문작가로서 대우를 해드립니다.
분량 : 시는 5편 이상, 소설은 단편 1편 이상, 수필은 2편 이상 그리고 다른 분야는 글의 성격에 따라 적당한 분량으로 보내주시면 됩니다.

투고방법 :
이메일 및 인향문단 밴드를 통하여 원고 투고 가능합니다.
email : khbang21@naver.com
인향문단 밴드 : https://band.us/band/52578241
우편접수 : 경기도 광주시 남한산성면 검복리 126-1

연락처 : 인향문단 편집장 방훈 010 2676 9912

출판 관련 문의에서 출간까지
도서출판 그림책에서
동행 하겠습니다!!

이메일 khbang21@naver.com
전화번호 010 2676 9912 / 070 4105 8439